AF234941

DON SANDALIO, JUGADOR DE AJEDREZ

ED. PERELLÓ
UNIVERSALES

Esta colección atesora las obras más importantes de la literatura universal, cada una en su idioma original.

En la Serie *Letras Castellanas* destacan: *El Lazarillo de Tormes*, Anónimo; *El coloquio de los perros*, de Miguel de Cervantes; *Rimas y Leyendas*, de Gustavo Adolfo Bécquer; *Bodas de Sangre*, de Federico García Lorca; *Cañas y Barro*, Blasco Ibáñez; *Ismaelillo*, de José Martí; *Azul*, de Rubén Darío; *Cuentos de la Selva*, de Horacio Quiroga, *Los mejores cuentos de Conde Lucanor*, de Don Juan Manuel; *Cuentos de encantamiento*, de Cecilia Böhl de Faber, entre otros...

MIGUEL DE UNAMUNO

LA NOVELA DE DON SANDALIO

JUGADOR DE AJEDREZ

EDICIONS PERELLÓ

© Ed. Perelló, SL, 2025

Carrer de les Amèriques, 27-59

46420 - Sueca, Valencia, Spain
e-mail: info@edperello.es
http://edperello.es

I.S.B.N.: 979-13-70190-28-6
Depósito legal: V-2987-2025

Impreso en España

Este libro ha sido impreso en papel
ecológico procedente de bosques sostenibles.

Índice

PRÓLOGO

No hace mucho recibí carta de un lector para mí desconocido, y luegocopia de parte de una correspondencia que tuvo con un amigo suyo y en que éste le contaba el conocimiento que hizo con un Don Sandalio,jugador de ajedrez, y le trazaba la característica del Don Sandalio.

"Sé —me decía mi lector— que anda usted a la busca de argumentos o asuntos para sus novelas o *nivolas*, y ahí va uno en estos fragmentos de cartas que le envío. Como verá, no he dejado el nombre lugar en que los sucesos narrados se desarrollaron, y en cuanto a la época, bástele saber que fue durante el otoño e invierno de 1910. Ya sé que no es usted de los que se preocupan de situar los hechos en lugar y tiempo, y acaso no lefalte razón".

Poco más me decía, y no quiero decir más a modo de prólogo o aperitivo.

I

31 de agosto de 1910

Ya me tienes aquí, querido Felipe, en este apacible rincón de la costa y al pie de las montañas que se miran en la mar; aquí, donde nadie me conoce ni conozco, gracias a Dios, a nadie. He venido, como sabes, huyendo de la sociedad de los llamados prójimos o semejantes, buscando la compañía de las olas de la mar y de las hojas de los árboles, que pronto rodarán como aquéllas.

Me ha traído, ya lo sabes, un nuevo ataque de misantropía, o mejor de antropofobia, pues a los hombres, más que los odio, los temo. Y es que se me ha exacerbado aquella lamentable facultad que, según Gustavo Flaubert, se desarrolló en los espíritus de su Bouvard y su Pécuchet, y es la de ver la tontería y no poder tolerarla. Aunque para mí no es verla, sino oírla; no ver la tontería —bêtise—, sino oír las tonterías que día tras día, e irremisiblemente, sueltan jóvenes y viejos, tontos y listos. Pues son los que pasan por listos los que más tonterías hacen o dicen.

Aunque sé bien que me retrucarás con mis propias palabras, aquellas que tantas veces me has oído, de que el hombre más tonto es el que se muere sin haber hecho ni dicho tontería alguna.

Aquí me tienes haciendo, aunque entre sombras humanas que se me cruzan alguna vez en el camino, de Robinsón Crusoe, de solitario. ¿Y no te acuerdas cuando leímos aquel terrible pasaje del Robinsón de cuando éste, yendo una vez a su bote, se encontró sorprendido por la huella de un pie desnudo de hombre en la arena de la playa? Quedóse como fulminado, como herido por un rayo —thunderstruck—, como si hubiera visto una aparición. Escuchó, miró en torno de sí sin oír ni ver nada. Recorrió la playa, ¡y tampoco! No había más que la huella de un pie, dedos, talón, cada parte de él. Y volvióse Robinsón a su madriguera, a su fortificación, aterrado en el último grado, mirando tras de sí a cada dos o tres pasos, confundiendo árboles y matas, imaginándose a la distancia que cada tronco era un hombre, y lleno de antojos y agüeros.

¡Qué bien me represento a Robinsón! Huyo, no de ver huellas de pies desnudos de hombres, sino de oírles palabras de sus almas revestidas de necedad, y me aíslo para defenderme del roce de sus tonterías. Y voy a la costa a oír la rompiente de las olas, o al monte a oír el rumor del viento entre el follaje de los árboles. ¡Nada de hombres! ¡Ni de mujer, claro! A lo sumo algún niño que no sepa aún hablar, que no sepa repetir las gracias que les han enseñado, como a un lorito, en su casa, sus padres.

II

5 de setiembre

Ayer anduve por el monte conversando silenciosamente con los árboles. Pero es inútil que huya de los hombres: me los encuentro en todas partes; mis árboles son árboles humanos. Y no sólo porque hayan sido plantados y cuidados por hombres, sino por algo más. Todos estos árboles son árboles domesticados y domésticos.

Me he hecho amigo de un viejo roble. ¡Si le vieras, Felipe, si le vieras!

¡Qué héroe! Debe de ser muy viejo ya. Está en parte muerto. ¡Fíjate bien, muerto en parte!, no muerto del todo. Lleva una profunda herida que le deja ver las entrañas al descubierto. Y esas entrañas están vacías. Está enseñando el corazón. Pero sabemos, por muy someras nociones de botánica, que su verdadero corazón no es ése; que la savia circula entre la albura del leño y la corteza. ¡Pero cómo me impresiona esa ancha herida con redondeados rebordes! El aire entre por ella y orea el interior del roble, donde, si sobreviene una tormenta, puede refugiarse un peregrino, y donde podría albergarse un anacoreta o un Diógenes de la selva. Pero la savia corre entre la corteza y el leño y da jugo de vida a las hojas que verdecen al sol. Verdecen hasta que, amarillas y ahornagadas, se arremolinan en el suelo, y podridas, al pie del viejo héroe del bosque, entre los fuertes brazos de su raigambre, van a formar el mantillo de abono que alimentará a las nuevas hojas de la venidera primavera. ¡Y si vieras qué brazos los de su raigambre que hunde sus miles de dedos bajo tierra! Unos brazos que agarran a la tierra como sus ramas altas agarran al cielo.

Cuando pase el otoño, el viejo roble quedará desnudo y callado, creerás tú. Pero no, porque le tiene abrazado una hiedra también heroica. Entre los más someros tocones de la raigambre y en el tronco del roble se destacan las robustas —o roblizas— venas de la hiedra, y ésta trepa por el viejo árbol y le reviste con sus hojas de verdor brillante y perenne. Y cuando las hojas del roble se rindan a la tierra, le susurrará cantos de invierno el vendaval entre las hojas de la hiedra. Y aun muerto el roble verdecerá al sol, y acaso algún enjambre de abejas ponga su colmena en la ancha herida de su seno.

No sé por qué, mi querido Felipe, pero es el caso que este viejo roble empieza a reconciliarme con la humanidad. Además, ¿por qué no he de decírtelo?, ¡hace tanto tiempo que no he oído una tontería! Y así, a la larga, no se puede vivir. Me temo que voy a sucumbir.

III

10 de setiembre

¿No te lo decía, Felipe? He sucumbido. Me he hecho socio del Casino, aunque todavía más para ver que para oír. En cuanto han llegado las primeras lluvias. Con mal tiempo, ni la costa ni el monte ofrecen recursos, y en cuanto al hotel, ¿qué iba a hacer en él? ¿Pasarme el día leyendo o mejor releyendo? No puede ser. Así es que he acabado por ir al Casino.

Paso un rato por la sala de lectura, donde me entrego más que a leer periódicos a observar a los que lo leen. Porque los periódicos tengo que dejarlos en seguida. Son más estúpidos que los hombres que los escriben. Hay algunos de éstos que tienen cierto talento para decir tonterías, ¿pero para escribirlas?, para escribirlas... ¡ninguno! Y en cuanto a los lectores, hay que ver qué cara de caricatura ponen cuando se ríen de las caricaturas.

Me voy luego del salón en que todos estos hombres se reúnen; pero huyo de las tertulias o peñas que forman. Las astillas de conversaciones que me llegan me hieren en lo más vivo de la herida que traje al venir a retirarme, como a estación de cura, a este rincón costero y montañés. No, no puedo tolerar la tontería humana. Y me dedico, con la mayor discreción posible, a hacer el oficio de mirón pasajero de las partidas de tresillo, de tute o de mus. Al fin, estas gentes han hallado un modo de sociedad casi sin palabra. Y me acuerdo de aquella soberana tontería del seudopesimista Schopenhauer cuando decía que los tontos, no teniendo ideas que cambiar, inventaron unos cartoncitos pintados para cambiarlos entre sí, y que son los naipes. Pues si los tontos inventaron los naipes, no son tan tontos, ya que Schopenhauer ni aun eso inventó, sino un sistema de baraja mental que se llama pesimismo y en que lo pésimo es el dolor, como si no hubiera el aburrimiento, el tedio, que es lo que matan los jugadores de naipes.

IV

14 de setiembre

Empiezo a conocer a los socios del Casino, a mis consocios —pues me he hecho hacer socio, aunque transeúnte—, claro es que de vista. Y me entretengo en irme figurando lo que estarán pensando, naturalmente que mientras que se callan, porque en cuanto dicen algo ya no me es posible figurarme lo que puedan pensar. Así es que en mi oficio de mirón prefiero mirar las partidas de tresillo a mirar las de mus, pues en éstas hablan demasiado. Todo es barullo de ¡envido!, ¡quiero!, ¡cinco más!, ¡diez más!, ¡órdago!, me entretiene un rato, pero luego me cansa. El ¡órdago!, que parece es palabra vascuence, que quiere decir: ¡ahí está!, me divierte bastante, sobre todo cuando se lo lanza el uno al otro en ademán de gallito de pelea.

Me atraen más las partidas de ajedrez, pues ya sabes que en mis mocedades di en ese vicio solitario de dos en compañía. Si es que eso es compañía. Pero aquí, en este Casino, no todas las partidas de ajedrez son silenciosas, ni de soledad de dos en compañía, sino que suele formarse un grupo con los mirones, y éstos discuten las jugadas con los jugadores, y hasta meten mano en el tablero. Hay, sobre todo, una partida entre un ingeniero de montes y un magistrado jubilado, que es lo más pintoresco que cabe. Ayer, el magistrado, que debe de padecer de la vejiga, estaba inquieto y desasosegado, y como le dijeran que se fuese al urinario manifestó que no se iba solo, sino con el ingeniero, por temor de que entretanto éste no le cambiase la posición de las piezas; así es que se fueron los dos, el magistrado a evacuar aguas menores y el ingeniero a escoltarle, y entretanto los mirones alteraron toda la composición del juego.

Pero hay un pobre señor, que es hasta ahora el que más me ha interesado. Le llaman —muy pocas veces, pues apenas hay quien le dirija la palabra, como él no se la dirige a nadie—, le llaman o se llama Don Sandalio, y su oficio parece ser el de jugador de ajedrez. No he podido columbrar nada de su vida, ni en rigor me importa gran cosa. Prefiero imaginármela. No viene al Casino más que a jugar al ajedrez, y lo juega, sin pronunciar apenas palabra, con una avidez de enfermo. Fuera del ajedrez parece no haber mundo para él. Los demás socios le respetan, o acaso le ignoran, si bien, según he creído notar, con un cierto dejo de lástima. Acaso se le tiene por un maníaco. Pero siempre encuentra, tal vez por compasión, quien le haga la partida.

Lo que no tiene es mirones. Comprenden que la mironería le molesta, y le respetan. Yo mismo no me he atrevido a acercarme a su mesilla, y eso que el hombre me interesa. ¡Le veo tan aislado en medio de los demás, tan metido en sí mismo! O mejor en su juego, que parece ser para él como una función sagrada, una especie de acto religioso. "Y cuando no juega, ¿qué hace?", me he preguntado. ¿Cuál es la profesión con que se gana la vida?, ¿tiene familia?, ¿quiere a alguien?, ¿guarda dolores y desengaños?, ¿lleva alguna tragedia en el alma?

Al salir del Casino le he seguido cuando iba hacia su casa, a observar si al cruzar el patio, como ajedrezado, de la Plaza Mayor, daba algún paso en salto de caballo. Pero luego, avergonzado, he cortado mi persecución.

V

17 de setiembre

He querido sacudirme del atractivo del Casino, pero es imposible; la imagen de Don Sandalio me seguía a todas partes. Ese hombre me atrae como el que más de los árboles del bosque; es otro árbol más, un árbol humano, silencioso, vegetativo. Porque juega al ajedrez como los árboles dan hoja.

Llevo dos días sin ir al Casino, haciéndome un esfuerzo para no entrar en él, llegando hasta su puerta para huir en seguida de ella.

Ayer fui por el monte; pero al acercarme a la carretera, por donde van los hombres, a ese camino calzado que hicieron hacer por mano de siervos, de obreros alquilados —los caminos del monte los han hecho hombres libres (¿libres?), con los pies—, tuve que volver a internarme en el bosque, me echaron a él todos esos anuncios con que han estropeado el verdor de la naturaleza. ¡Hasta a los árboles de los bordes de la carretera los han convertido en anunciadores! Me figuro que los pájaros han de huir de esos árboles anunciantes más aún que de los espantapájaros que los labradores ponen en medio de los sembrados. Por lo visto, no hay como vestir a unos palitroques con andrajos humanos para que huyan del campo las graciosas criaturas que cosechan donde no sembraron, las libres avecillas a las que mantiene nuestro Padre y suyo.

Me interné por un monte y llegué a las ruinas de un viejo caserío. No quedaban más que algunos muros revestidos, como mi viejo roble, por la hiedra. En la parte interior de uno de esos muros medio derruidos, en la parte que formó antaño el interior de la casa, quedaba el resto del que fue hogar, de la chimenea familiar, y en ésta la huella del fuego de leña que allí ardió, el hollín que aún queda. Hollín sobre que brillaba el verdor de las hojas de la hiedra. Sobre la hiedra revoloteaban unos pajarillos. Acaso en ella, junto al cadáver de lo que fue hogar, han puesto su nido.

Y no sé por qué me acordaba de Don Sandalio, este producto tan urbano, tan casinero. Y pensaba que por mucho que quiera huir de los hombres, de sus tonterías, de su estúpida civilización, sigo siendo hombre, mucho más hombre de lo que me figuro, y que no puedo vivir lejos de ellos. ¡Si es su misma necedad lo que me atrae! ¡Si la necesito para irritarme por dentro de mí!

Está visto que necesito a Don Sandalio, que sin Don Sandalio no puedo ya vivir.

VI

20 de setiembre

¡Por fin, ayer! No pude más. Llegó Don Sandalio al Casino, a su hora de siempre, cronométricamente, muy temprano, tomó su café de prisa y corriendo, se sentó a su mesita de ajedrez, requirió las piezas, las colocó en orden de batalla y se quedó esperando al compañero. El cual no llegaba. Y Don Sandalio con cara de cierta angustia y mirando al vacío. Me daba pena. Tanta pena me daba, que no pude contenerme, y me acerqué a él:

—Por lo visto, su compañero no viene hoy —le dije.

—Así parece —me contestó.

—Pues si a usted le place, y hasta que él llegue, puedo yo hacerle la partida. No soy un gran jugador, pero lo he visto jugar y creo que no se aburrirá usted con mi juego...

—Gracias —agregó.

Creí que iba a rechazarme, en espera de su acostumbrado compañero, pero no lo hizo. Aceptó mi oferta y ni me preguntó, por supuesto, quién era yo. Era como si yo no existiese en realidad, y como persona distinta de él, para él mismo. Pero él sí que existía para mí... Digo, me lo figuro. Apenas si se dignó mirarme; miraba al tablero. Para Don Sandalio, los peones, alfiles, caballos, torres, reinas y reyes del ajedrez tienen más alma que las personas que los manejan. Y acaso tenga razón.

Juega bastante bien, con seguridad, sin demasiada lentitud, sin discutir ni volver las jugadas, no se le oye más que: "¡jaque!". Juega, te escribí el otro día, como quien cumple un servicio religioso. Pero no, mejor, como quien crea silenciosa música religiosa. Su juego es musical. Coge las piezas como si tañera en un arpa. Y hasta se me antoja oírle a su caballo, no relinchar —¡esto nunca!—, sino respirar musicalmente, cuando va a dar un jaque. Es como un caballo con alas. Un Pegaso. O mejor un Clavileño; de madera, como éste. ¡Y cómo se posa en la tabla! No salta; vuela. ¿Y cuando tañe a la reina? ¡Pura música!

Me ganó, y no porque juegue mejor que yo, sino porque no hacía más que jugar mientas que yo me distraía en observarle. No sé por qué se me figura que no debe de ser hombre muy inteligente, pero que pone toda su inteligencia, mejor, toda su alma, en el juego.

Cuando di por terminado éste —pues él no se cansa de jugar— después de unas cuantas partidas, le dije:

—¿Qué es lo que le habrá pasado a su compañero?

—No lo sé —me contestó. Ni parecía importarle saberlo.

Salí del Casino a dar una vuelta hacia la playa, pero me quedé esperando a ver si Don Sandalio también salía. "¿Paseará este hombre?", me pregunté. Al poco salió mi hombre, e iba como abstraído. No cabría decir adónde miraba. Le seguí hasta que, doblando una calleja, se metió en una casa. Seguramente la suya. Yo seguí hacia la playa, pero no ya tan solo como otras veces; Don Sandalio iba conmigo, mi Don Sandalio. Pero antes de llegar a la playa torcí hasta el monte y me fui a ver a mi viejo roble, el roble heroico, el de la abierta herida de las entrañas, el revestido de hiedra. Claro es que no establecí relación alguna entre él y Don Sandalio, y ni siquiera entre mi roble y mi jugador de ajedrez. Pero éste es ya parte de mi vida. También yo, como Robinsón, he encontrado la huella de un pie desnudo de alma de hombre, en la arena de la playa de mi soledad; mas no he quedado fulminado ni aterrado, sino que esa huella me atrae. ¿Será huella de tontería humana? ¿Lo será de tragedia? ¿Y no es acaso la tontería la más grande de las tragedias del hombre?

VII

Sigo preocupado, mi querido Felipe, con la tragedia de la tontería o más bien de la simplicidad. Hace pocos días oí, sin quererlo, en el hotel una conversación que ésta sí que me dejó como fulminado. Hablaban de una señora que estaba a punto de morir, y el cura que la asistía dijo: "Bueno, cuando llegue al cielo no deje de decir a mi madre, en cuanto la vea, que aquí estamos viviendo cristianamente para poder ir a hacerla compañía". Y esto parece que lo dijo el cura, que es piadosísimo, muy en serio. Y como no puedo por menos que creer que el cura que así decía creía en ello, me di a pensar en la tragedia de la simplicidad, o mejor en la felicidad de la simplicidad. Porque hay felicidades trágicas. Y di luego en pensar si acaso mi Don Sandalio no es un hombre feliz.

Volviendo al cual, a Don Sandalio, tengo que decirte que sigo haciéndole la partida. Su compañero anterior parece que se marchó de esta villa, lo cual he sabido no precisamente por Don Sandalio mismo, que ni habla de él ni de ningún otro prójimo, ni creo que se haya preocupado de saber si se fue o no ni quién era. Lo mismo que no se preocupa de averiguar quién soy yo, y no será poco que sepa mi nombre.

Como yo soy nuevo en la partida, se nos han acercado algunos mirones, atraídos por la curiosidad de ver cómo juego yo, y acaso porque me creen otro nuevo Don Sandalio, a quien hay que clasificar y acaso definir. Y yo me dejo hacer. Pero pronto se han podido dar cuenta de que a mí me molestan los mirones no menos que a Don Sandalio, si es que no más.

Anteayer fueron dos los mirones. ¡Y qué mirones! Porque no se limitaron a mirar o a comentar de palabra las jugadas, sino que se pusieron a hablar de política, de modo que no pude contenerme, y les dije: "Pero ¿se callarán ustedes?". Y se marcharon. ¡Qué mirada me dirigió Don Sandalio!, ¡qué mirada de profundo agradecimiento! Llegué a creer que a mi hombre le duele la tontería tanto como a mí.

Acabamos las partidas y me fui a la costa, a ver morir las olas en la arena de la playa, sin intentar seguir a Don Sandalio, que se fue, sin duda, a su casa. Pero me quedé pensando si mi jugador de ajedrez creerá que, terminada esta vida, se irá al cielo, a seguir allí jugando, por toda una eternidad, con hombres o con ángeles.

VIII

Le observo a Don Sandalio alguna preocupación. Debe ser por su salud, pues se le nota que respira con dificultad. A las veces se ve que ahoga una queja. Pero ¿quién se atreve a decirle nada? Hasta que le dio una especie de vahído.

—Si usted quiere, lo dejaremos... —le dije.

—No, no —me respondió—; por mí, no.

"¡Jugador heroico!", pensé. Pero poco después agregué:

—¿Por qué no se queda usted unos días en casa?

—¿En casa? —me dijo—, ¡sería peor!

Y creo, en efecto, que le sería peor quedarse en casa. ¿En casa? ¿Y qué es su casa? ¿Qué hay en ella? ¿Quién vive en ella?

Abrevié las partidas, pretextando cualquier cosa, y le dejé con un: "¡Que usted se alivie, Don Sandalio!". "¡Gracias!", me contestó. Y no añadió mi nombre porque de seguro no lo sabe.

Este mi Don Sandalio, no el que juega al ajedrez en el Casino, sino el otro, el que él me ha metido en el hondón del alma, el mío, me sigue ya a todas partes; sueño con él, casi sufro con él.

IX

8 de octubre

Desde el día en que Don Sandalio se retiró del Casino algo indispuesto, no ha vuelto por él. Y esto es una cosa tan extraordinaria, que me ha desasosegado. A los tres días de faltar mi hombre me sorprendí, uno, con el deseo de colocar las piezas en el tablero y quedarme esperándole. O acaso a otro... Y luego me di casi a temblar pensando si en fuerza de pensar en mi Don Sandalio no me había éste sustituido y padecía yo de una doble personalidad. Y la verdad, ¡basta con una!

Hasta que anteayer, en el Casino, uno de los socios, al verme tan solitario y, según él debió figurarse, aburrido, se me acercó a decirme:

—Ya sabrá usted lo de Don Sandalio...

—¿Yo?, no; ¿qué es ello?

—Pues... que se le ha muerto el hijo.

—¡Ah!, ¿pero tenía un hijo?

—Sí, ¿no lo sabe usted? El de aquella historia...

¿Qué pasó por mí? No lo sé, pero al oír esto me fui, dejándole con la palabra cortada, y sin importarme lo que por ello juzgase de mí. No, no quería que me colocase la historia del hijo de Don Sandalio. ¿Para qué? Tengo que mantener puro, incontaminado, a mi Don Sandalio, al mío, y hasta me le ha estropeado esto de que ahora le salga un hijo que me impide, con su muerte, jugar al ajedrez unos días. No, no, no quiero saber historias. ¿Historias? Cuando las necesite, me las inventaré.

Ya sabes tú, Felipe, que para mí no hay más historias que las novelas. Y en cuanto a la novela de Don Sandalio, mi jugador de ajedrez, no necesito de socios del Casino que vengan a hacérmela.

Salí del Casino echando de menos a mi hombre, y me fui al monte, a ver a mi roble. El sol daba en la ancha abertura de sus vacías entrañas. Sus hojas, que casi se le iban ya desprendiendo, se quedaban un rato, al caer, entre las hojas de la hiedra.

X

10 de octubre

Ha vuelto Don Sandalio, ha vuelto al Casino, ha vuelto al ajedrez. Y ha vuelto el mío, el mío, el que yo conocía, y como si no le hubiese pasado nada.

—¡He sentido mucho su desgracia, Don Sandalio! —le he dicho, mintiéndole.

—¡Gracias, muchas gracias! —me ha respondido. Y se ha puesto a jugar. Y como si no hubiese pasado nada en su casa, en su otra vida. Pero ¿tiene otra?

He dado en pensar que, en rigor, ni él existe para mí ni yo para él. Y, sin embargo...

Al acabar las partidas me he ido a la playa, pero preocupado con una idea que te ha de parecer, de seguro, pues te conozco, absurda, y es la de qué seré, cómo seré yo para Don Sandalio. ¿Qué pensarán de mí? ¿Cómo seré yo para él? ¿Quién seré yo para él?

XI

12 de octubre

Hoy no sé, querido Felipe, qué demonio tonto me ha tentado, que se me ha ocurrido proponerle a Don Sandalio la solución de un problema de ajedrez.

—¿Problemas? —me ha dicho—. No me interesan los problemas. Basta con los que el juego mismo nos ofrece sin ir más a buscarlos.

Es la vez que le he oído más palabras seguidas a mi Don Sandalio, pero ¡qué palabras! Ninguno de los mirones del Casino las habría comprendido como yo. A pesar de lo cual, me he ido luego a la playa a buscar los problemas que se me antoja que me proponen las olas del mar.

XII

14 de octubre

Soy incorregible, Felipe, soy incorregible, pues como si no fuese bastante la lección que anteayer me dio Don Sandalio, hoy he pretendido colocarle una disertación sobre el alfil, pieza que manejo mal. Le he dicho que el alfil, palabra que parece quiere decir elefante, le llaman los franceses fou, esto es: loco, y los ingleses bishop, o sea: obispo, y que a mí me resulta una especie de obispo loco, con algo elefantino, que siempre va de soslayo, jamás de frente, y de blanco en blanco o de negro en negro y sin cambiar de color del piso en que le ponen y sea cual fuere su color propio. ¡Y qué cosas le he dicho del alfil blanco en piso blanco, del blanco en piso negro, del negro en piso blanco y del negro en piso negro!

¡Las virutas que he hecho con esto! Y él, Don Sandalio, me miraba asustado, como se miraría a un obispo loco, y hasta creí que esta a punto de huir, como de un elefante. Esto lo dije en un intermedio, mientras cambiábamos las piezas, pues turnamos entre blancas y negras, teniendo siempre la salida aquéllas. La mirada de Don Sandalio era tal, que me desconcertó.

Cuando he salido del Casino iba pensando si la mirada de Don Sandalio tendría razón, si no es que me he vuelto loco, y hasta me parecía si, en mi terror de tropezar con la tontería humana, en mi terror de encontrarme con la huella del pie desnudo del alma de un prójimo, no iba caminando de soslayo, como un alfil. ¿Sobre piso blanco o negro?

Te dijo, Felipe, que este Don Sandalio me vuelve loco.

XIII

23 de octubre

No te he escrito, mi querido Felipe, en estos ocho días, porque he estado enfermo, aunque acaso más de aprensión que de enfermedad. Y además,
¡me entretenía tanto la cama, se me pegaban tan amorosamente las sábanas! Por la ventana de mi alcoba veo, desde la cama misma, la montaña próxima, en la que hay una pequeña cascada. Tengo sobre la mesilla de noche unos prismáticos, y me paso largos ratos contemplando con ellos la cascada. ¡Y qué cambios de luz los de la montaña!
He hecho llamar al médico más reputado de la villa, el doctor Casanueva, el cual ha venido dispuesto, ante todo, a combatir la idea que yo tuviese de mi propia dolencia. Y sólo ha conseguido preocuparme más. Se empeña en que yo voy desafiando las enfermedades, y todo porque suelo ir con frecuencia al monte. Ha empezado por recomendarme que no fume, y cuando le he dicho que no fumo nunca, no sabía ya qué decir. No ha tenido la resolución de aquel otro galeno que, en caso

análogo, le dijo al enfermo: "¡Pues entonces, fume usted!". Y acaso tuvo éste razón, pues lo capital es cambiar de régimen.

Casi todos estos días he guardado cama, y no, en rigor, porque ello me hiciera falta, sino porque así rumiaba mejor mi relativa soledad. En realidad, he pasado lo más del tiempo de esos ocho días traspuesto y en un estado entre la vela y el sueño, sin saber si soñaba la montaña que tenía enfrente o si veía delante de mí a Don Sandalio ausente.

Porque ya te puedes figurar que Don Sandalio, que mi Don Sandalio, ha sido mi principal ensueño de enfermedad. Me ilusionaba pensar que en estos días se haya definido más, que acaso haya cambiado, que cuando le vuelva a ver en el Casino y volvamos a jugar nuestras partidas le encuentre otro.

Y entretanto, ¿pensará en mí?, ¿me echará de menos en el Casino?, ¿habrá encontrado en éste a algún otro consocio ¡consocio!— que le haga la partida?, ¿habrá preguntado por mí?, ¿existo yo para él?

Hasta he tenido una pesadilla, y es que me he figurado a Don Sandalio como un terrible caballo negro —¡caballo de ajedrez, por supuesto!— que se me venía encima a comerme, y yo era un pobre alfil blanco, un pobre obispo loco y elefantino que estaba defendiendo al rey blanco para que no le dieran mate. Al despertarme de esta pesadilla, cuando iba rayando el alba, sentí una gran opresión en el pecho, y me puse a hacer largas y profundas inspiraciones y espiraciones, así como gimnásticas, para ver de entonces entonar este corazón que el doctor Casanueva cree que está averiado. Y luego me he puesto a contemplar, con mis prismáticos, cómo los rayos del sol naciente daban en el agua de la cascada de la montaña frontera.

XIV

25 de octubre

No más que pocas líneas en esta postal. He ido a la playa, que estaba sola. Más sola aún por la presencia de una sola joven que se paseaba al borde de las olas. Le mojaban los pies. La he estado observando sin ser visto de ella. Ha sacado una carta, la ha leído, ha bajado sus brazos teniendo con las dos manos la carta; los ha vuelto a alzar y ha vuelto a leerla; luego la ha roto en cachitos menudos, doblándola y volviéndola a doblar para ello; después ha ido lanzando uno a uno, cachito a cachito, al aire, que los llevaba —¿mariposas del olvido?— a la rompiente. Hecho esto, ha sacado el pañuelo, se ha puesto a sollozar, y se ha enjugado los ojos. El aire de la mar ha acabado de enjugárselos. Y nada más.

XV

26 de octubre

Lo que hoy tengo que contar, mi querido Felipe, es algo inaudito, algo tan sorprendente, que jamás se le podría haber ocurrido al más ocurrente novelista. Lo que te probará cuánta razón tenía aquel nuestro amigo a quien llamábamos Pepe el Gallego, que cuando estaba traduciendo cierto libro de sociología, nos dijo: "No puedo resistir estos libros sociológicos de ahora; estoy traduciendo uno sobre el matrimonio primitivo, y todo se le vuelve al autor que si los algonquinos se casan de tal manera, los chipenais de tal otra, los cafres de este modo, y así los demás... Antes llenaban los libros de palabras, ahora los llenan de esto que llaman hechos o documentos; lo que no veo por ninguna parte son ideas... Yo, por mi parte, si se me ocurriera inventar una teoría sociológica, la apoyaría en hechos de mi invención, seguro como estoy de que todo lo que un hombre puede inventar ha sucedido, sucede o sucederá alguna vez". ¡Qué razón tenía nuestro buen Pepe!

Pero vamos al hecho, o, si quieres, al suceso.

Apenas me sentía algo más fuerte y me sacudí del abrigo de la cama, me fui, ¡claro es!, al Casino. Me llevaba, sobre todo, como puedes figurarte, el encontrarme con mi Don Sandalio y el reanudar nuestras partidas. Llegué allá, y mi hombre no estaba allí. Y eso que era ya su hora. No quise preguntar por él.

Al poco rato no pude resistir, requerí un tablero de ajedrez, saqué un periódico en que venía un problema y me puse a ver si lo resolvía. Y en esto llegó uno de aquellos mirones y me preguntó si quería echar una partida con él. Tentado estuve un momento de rehusárselo, pues me parecía algo así como una traición a mi Don Sandalio, pero al fin acepté.

Este consocio, antes mirón y ahora compañero de juego, resultó ser uno de esos jugadores que no saben estarse callados. No hacía sino anunciar las jugadas, comentarlas, repetir estribillos, y, cuando no, tararear alguna cancioncilla. Era algo insoportable. ¡Qué diferencia con las partidas graves, recogidas y silenciosas de Don Sandalio!

(Al llegar acá se me ocurre pensar que si el autor de estas cartas las tuviera que escribir ahora, en 1930, compararía las partidas con Don Sandalio al cine puro, gráfico, representativo, y las partidas con el nuevo jugador, al cine sonoro. Y así resultarían partidas sonoras o zumbadas).

Yo estaba como sobre ascuas y sin atreverme a mandarle que se callase. Y no sé si lo comprendió, pero el caso es que después de dos partidas me dijo que tenía que irse. Mas antes de partir me espetó esto:

—Ya sabrá usted, por supuesto, lo de Don Sandalio...

—No; ¿qué?

—Pues que le han metido ya en la cárcel.

—¡En la cárcel! —exclamé como fulminado.

—Pues claro, ¡en la cárcel! Ya comprenderá usted... —comenzó. Y yo atajándole:

—¡No, no comprendo nada!

Me levanté, y casi sin despedirme de él me salí del Casino.

"¡En la cárcel —me iba diciendo—, en la cárcel! ¿Por qué?" Y, en último caso, ¿qué me importa? Lo mismo que no quise saber lo de su hijo, cuando se le murió éste, no quiero saber por qué le han metido en la cárcel. Nada me importaba de ello. Y acaso a él no le importe mucho más si es como yo me le figuro, como yo me le tengo hecho, acá para mí. Mas, a pesar de todo, este suceso imprevisto cambiaba totalmente el giro de mi vida íntima. ¿Con quién, en adelante, voy a echar mi partida de ajedrez, huyendo de la incurable tontería de los hombres?

A ratos pienso averiguar si es que está o no incomunicado, y si no lo está y si se me permite comunicarme con él, ir a la cárcel y pedir permiso para hacerle a diario la partida, claro que sin inquirir por qué le han metido allí ni hablar de ello. Aunque, ¿sé yo acaso si no echa a diario su partida con alguno de los carceleros? Como puedes figurarte, todo esto ha trastornado todos los planes de mi soledad.

XVI

28 de octubre

Huyendo del Casino, huyendo de la villa, huyendo de la sociedad humana que inventa cárceles, me he ido por el monte, lo más lejos posible de la carretera. Y lejos de la carretera, porque esos pobres árboles anunciadores me parecen también presos, u hospicianos, que es casi igual, y todas esas vallas en que se anuncian toda clase de productos —algunos de maquinaria agrícola; otros, los más, de licores o neumáticos para automóviles de los que van huyendo de todas partes—, todo ello me recuerda a la sociedad humana, que no puede vivir sin bretes, esposas, grillos, cadenas, rejas y calabozos. Y observo de paso que a algunos de esos instrumentos de tortura se les llama esposas y grillos. ¡Pobres grillos!, ¡pobres esposas!

He ido por el monte, saliéndome de los senderos trillados por pies de hombres, evitando, en lo posible, las huellas de éstos, pisando sobre hojas secas —empiezan ya a caer— y me he ido hasta las ruinas de aquel viejo caserío de que ya te dije, al resto de cuya chimenea de hogar enhollinada abriga hoy el follaje de la hiedra en que anidan los pájaros del campo.

¡Quién sabe si cuando el caserío estuvo vivo, cuando en él chisporroteaba la leña del hogar y en éste hervía el puchero de la familia, no había allí cerca alguna jaula en que de tiempo en tiempo cantaba un jilguero prisionero!

Me he sentado allí, en las ruinas del caserío, sobre una piedra sillar, y me he puesto a pensar si Don Sandalio ha tenido hogar, si era hogar la casa en que vivía con el hijo que se le murió, qué sé yo si con alguno más, acaso con mujer. ¿La tenía? ¿Es viudo? ¿Es casado? Pero después de todo, ¿a mí qué me importa?, ¿a qué proponerme estos enigmas que no son más que problemas de ajedrez y de los que no me ofrece el juego de mi vida?

¡Ah, que no me los ofrece...! Tú sabes, mi Felipe, que yo sí que no tengo, hace ya años, hogar; que mi hogar se deshizo, y que hasta el hollín de su chimenea se ha desvanecido en el aire, tú sabes que a esa pérdida de mi hogar se debe la agrura con que me hiere la tontería humana. Un solitario fue Robinsón Crusoe, un solitario fue Gustavo Flaubert, que no podía tolerar la tontería humana, un solitario me parece Don Sandalio, y un solitario soy yo. Y todo solitario, Felipe, mi Felipe, es un preso, es un encarcelado, aunque ande libre.

¿Qué hará Don Sandalio, más solitario aún, en la celda de su prisión? ¿Se habrá resignado ya y habrá pedido un tablero de ajedrez y un librito de problemas para ponerse a resolverlos? ¿O se habrá puesto a inventar problemas? De lo que apenas me cabe duda, o yo me equivoco mucho respecto a su carácter —y no cabe que me equivoque en mi Don Sandalio—, es de que no se le da un bledo del problema o de los problemas que le plantee el juez con sus indagatorias.

Y ¿qué haré yo mientras Don Sandalio siga en la cárcel de esta villa, a la que vine a refugiarme de la incurable persecución de mi antropofobia?

¿Qué haré yo en este rincón de costa y de montaña si me quitan a mi Don Sandalio, que era lo que me ataba a esa humanidad que tanto me atrae a la vez que tanto me repele? Y si Don Sandalio sale de la cárcel y vuelve al Casino y en el Casino al ajedrez —¿qué va a hacer si no?—, ¿cómo voy a jugar con él, ni cómo voy siquiera a poder mirarle a la cara sabiendo que ha estado encarcelado y sin saber por qué? No, no; a Don Sandalio, le han matado con eso de haberle encarcelado. Presiento que ya no va a salir de la cárcel. ¿Va a salir de ella para ser el resto de su vida un problema?, ¿un problema suelto? ¡Imposible!

No sabes, Felipe, en qué estado de ánimo dejé las ruinas del viejo caserío. Iba pensando que acaso me convendría hacer construir en ellas una celda de prisión, una especie de calabozo, y encerrarme allí. O ¿no será mejor que me lleven, como a Don Quijote, en una jaula de madera, en un carro de bueyes, viendo al pasar el campo abierto en que se mueven los hombres cuerdos que se creen libres? O los hombres libres que se creen cuerdos, y es lo mismo en el fondo. ¡Don Quijote! ¡Otro solitario como Robinsón y como Bouvard y como Pécuchet, otro solitario, a quien un grave eclesiástico, henchido de toda la tontería de los hombres cuerdos, le llamó Don Tonto, le diputó mentecato y le echó en cara sandeces y vaciedades!

Y respecto a Don Quijote, he de decirte, para terminar de una vez este desahogo de cartas, que yo me figuro que no se murió tan a seguido de retirarse a su hogar después de vencido en Barcelona por Sansón Carrasco, sino que vivió algún tiempo para purgar su generosa, su santa locura, con el tropel de gentes que iban a buscarle en demanda de su ayuda para que les acorriese en sus cuitas y les enderezase sus tuertos, y cuando se les negaba se ponían a increparle y a acusarle de farsante o de traidor. Y al salir de su casa, se decían: "¡Se ha rajado!" Y otro tormento aún mayor que se le cayó encima debió de ser la nube de reporteros que iban a someterle a interrogatorios o, como han dado en decir ahora, encuestas. Y hasta me figuro que alguien le fue con esta pregunta: "¿A qué se debe, caballero, su celebridad?"

Y basta, basta, basta. ¡Es insondable la tontería humana!

XVII

30 de octubre

Los sucesos imprevistos y maravillosos vienen, como las desgracias, a ventregadas, según dice la gente de los campos. ¿A que no te figuras lo último que me ha ocurrido? Pues que el juez me ha llamado a declarar. "A declarar... ¿qué?", te preguntarás. Y es lo mismo que yo me pregunto: "A declarar... ¿qué?"

Me llamó, mi hizo jurar o prometer por mi honor que diría la verdad en lo que supiere y fuere preguntado, y a seguida me preguntó si conocía y desde cuándo a Don Sandalio Cuadrado y Redondo. Le expliqué cuál era mi conocimiento con él, que yo no conocía más que al ajedrecista, que no tenía la menor noticia de su vida. A pesar de lo cual, el juez se empeñó en sonsacarme lo insonsacable y me preguntó si le había oído alguna vez algo referente a sus relaciones con su yerno. Tuve que contestarle que ignoraba que Don Sandalio tuviese o hubiese tenido una hija casada, así como ignoraba hasta aquel momento que se apellidase, de una manera contradictoria, Cuadrado y Redondo.

—Pues él, Don Sandalio, según su yerno, que es quien ha indicado que se llame a usted a declarar, hablaba alguna vez en su casa, de usted —me ha dicho el juez.

—¿De mí? —le he contestado todo sorprendido y casi fulminado—. ¡Pero si me parece que ni sabe cómo me llamo!, ¡si apenas existo yo para él!

—Se equivoca usted, señor mío; según su yerno...

—Pues le aseguro, señor juez —le he dicho—, que no sé de Don Sandalio nada más que lo que le he dicho, y que no quiero saber más.

El juez parece que se ha convencido de mi veracidad y me ha dejado ir sin más enquisa.

Y aquí me tienes todo confuso por lo que se está haciendo mi Don Sandalio. ¿Volveré al Casino? ¿Volveré a que me hieran astillas de las conversaciones que sostienen aquellos socios que tan fielmente me representan a la humanidad media, al término medio de la humanidad? Te digo, Felipe, que no sé qué hacer.

XVIII

4 de noviembre

¡Y ahora llega, Felipe, lo más extraordinario, lo más fulminante! Y es que Don Sandalio se ha muerto en la cárcel. Ni sé bien cómo lo he sabido. Lo he oído acaso en el Casino, donde comentaban esa muerte. Y yo, huyendo de los comentarios, he huido del Casino, yéndome al monte. Iba como sonámbulo; no sabía lo que me pasaba. Y he llegado al roble, a mi viejo roble, y como empezaba a lloviznar me he refugiado en sus abiertas entrañas. Me he metido allí, acurrucado, como estaría Diógenes en su tonel, en la ancha herida, y me he puesto a... soñar mientras el viento arremolinaba las hojas secas a mis pies y a los del roble.

¿Qué me ha ocurrido allí? ¿Por qué de pronto me ha invadido una negra congoja y me he puesto a llorar, así como lo oyes, Felipe, a llorar la muerte de mi Don Sandalio? Sentía dentro de mí un vacío inmenso. Aquel hombre a quien no le interesaban los problemas forjados sistemáticamente, los problemas que traen los periódicos en la sección de jeroglíficos, logogrifos, charadas y congéneres, aquel hombre a quien se le había muerto un hijo, que tenía o había tenido una hija casada y un yerno, aquel hombre a quien le habían metido en la cárcel y en la cárcel se había muerto, aquel hombre se me había muerto a mí. Ya no le oiría callar mientras jugaba, ya no oiría su silencio. Silencio realzado por aquella única palabra que pronunciaba, litúrgicamente, alguna vez, y era: "¡jaque!" Y no pocas veces hasta la callaba, pues si se veía el jaque, ¿para qué anunciarlo de palabra?

Y aquel hombre hablaba alguna vez de mí en su casa según su yerno.

¡Imposible! El tal yerno tiene que ser un impostor. ¡Qué iba a hablar de mí si no me conocía! ¡Si apenas me oyó cuatro palabras! ¡Como no fuera que me inventó como yo me dedicaba a inventarlo! ¿Haría él conmigo algo de lo que hacía yo con él?

El yerno es, de seguro, el que hizo que le metieran en la cárcel. ¿Pero para qué? No me pregunto "¿por qué?", sino "¿para qué?" Porque en esto de la cárcel lo que importa no es la causa, sino la finalidad. ¿Y para qué hizo que el juez me llamase a declarar a mí?, ¿a mí?, ¿como testigo de descargo acaso? ¿Pero descargo de qué? ¿De qué se le acusaba a Don Sandalio? ¿Es posible que Don Sandalio, mi Don Sandalio, hiciese algo merecedor de que se le encarcelase? ¡Un ajedrecista silencioso! El ajedrez tomado así como lo tomaba mi Don Sandalio, con religiosidad, le pone a uno más allá del bien y del mal.

Pero ahora me acuerdo de aquellas solemnes y parcas palabras de Don Sandalio cuando me dijo: "¿Problemas? No me importan los problemas; basta con los que el juego mismo nos ofrece sin ir más a buscarlos." ¿Le habría llevado a la cárcel alguno de esos problemas que nos ofrece el juego de la vida? ¿Pero es que mi Don Sandalio vivió? Pues que ha muerto, claro es que vivió. Mas llego a las veces de dudar de que se haya muerto. Un Don Sandalio así no puede morirse, no puede hacer tan mala jugada. Hasta eso de hacer como que se muere en la cárcel me parece un truco. Ha querido encarcelar a la muerte. ¿Resucitará?

XIX

6 de noviembre

Me voy convenciendo poco a poco —¿y qué remedio?— de la muerte de Don Sandalio, pero no quiero volver al Casino, no quiero verme envuelto en aquel zumbante oleaje de tontería mansa —y la mansa es la peor—, en aquella tontería societaria humana, ¡figúrate!, la tontería que les hace asociarse a los hombres los unos con los otros. No quiero oírles comentar la muerte misteriosa de Don Sandalio en la cárcel. ¿Aunque para ellos hay misterio? Los más se mueren sin darse cuenta de ello, y algunos reservan para última hora sus mayores tonterías, que se las transmiten en forma de consejos testamentarios a sus hijos y herederos. Sus hijos no son más que sus herederos: carecen de vida íntima, carecen de hogar.

Jugadores de tresillo, de tute, de mus, jugadores también de ajedrez, pero con tarareos y estribillos y sin religiosidad alguna. No más que mirones aburridos. ¿Quién inventó los casinos? Al fin los cafés públicos, sobre todo cuando no se juega en ellos, cuando no se oye el traqueo del dominó sobre todo, cuando se da libre curso a la charla suelta y pasajera, sin taquígrafos, son más tolerables. Hasta son refrescantes para el ánimo. La tontería humana se depura y afina en ellos porque se ríe de sí misma, y la tontería cuando da en reírse de sí deja de ser tal tontería. El chiste, el camelo, la pega, la redimen.

¡Pero esos casinos con su reglamento, en el que suele haber aquel infamante artículo de "Se prohíben las discusiones de religión y de política"

—¿y de qué van a discutir?—, y con su biblioteca más desmoralizadora aún que la llamada sala del crimen! ¡Esa biblioteca, que alguna vez se le enseña al forastero, y en la que no falta el Diccionario de la Real Academia Española para resolver las disputas, con apuesta, sobre el valor de una palabra y si está mejor dicha así o del otro modo...! Mientras que en el café...

Mas no temas, querido Felipe, que me vaya ahora a refugiar, para consolarme de la muerte de Don Sandalio, en alguno de los cafés de la villa, no. Apenas si he entrado en alguno de ellos. Una vez, a tomar un refresco en uno que estaba a aquella hora solitario. Había grandes espejos, algo opacos, unos frente a otros, y yo entre ellos me veía varias veces reproducido, cuanto más lejos más brumoso, perdiéndome en lejanías como de triste ensueño.

¡Qué monasterio de solitarios el que formábamos todas las imágenes aquellas, todas aquellas copias de un original! Empezaba ya a desasosegarme esto cuando entró otro prójimo en el local, y al ver cruzar por el vasto campo de aquel ensueño todas las reproducciones, todos sus repetidos, me salí huido.

Y ahora voy a contarte lo que me pasó una vez en un café de Madrid, en el cual yo estaba soñando como de costumbre cuando entraron cuatro chulos que se pusieron a discutir de toros. Y a mí me divertía oírles discutir, no lo que habían visto en la plaza de toros, sino lo que habían leído en las revistas taurinas de los periódicos. En esto entró un sujeto que se puso allí cerca, pidió café, sacó un cuadernillo y empezó a tomar notas en él. No bien le vieron los chulos, parecieron recobrarse, cesaron en su discusión, y uno de ellos, en voz alta y con cierto tono de desafío, empezó a decir: "¿Sabéis lo que os digo? Pues que ese tío que se ha puesto ahí con su cuadernillo y como a tomar la cuenta de la patrona, es uno de esos que vienen por los cafés a oír lo que decimos y a sacarnos luego en los papeles... ¡Que le saque a su abuela!" Y por este tono, y con impertinencias mayores, la emprendieron los cuatro con el pobre hombre —acaso no era más que un revistero de toros—, de tal manera que tuvo que salirse. Y si es que en vez de revistero de toros era uno de esos noveladores de novelas realistas o de costumbrismo, que iba allí a documentarse, entonces tuvo bien merecida la lección que le dieron.

No, yo no voy a ningún café a documentarme; a lo más, a buscar una sala de espejos en que nos juntemos, silenciosamente y a distancia, unas cuantas sombras humanas que van esfumándose a lo lejos. Ni vuelvo al Casino; no, no vuelvo a él.

Podrás decirme que también el Casino es una especie de galería de espejos empañados, que también en él nos vemos, pero... Recuerda lo que tantas veces hemos comentado de Píndaro, el que dijo lo de "¡hazte el que eres!", pero dijo también —y en relación con ello— lo de que el hombre es "sueño de una sombra". Pues bien: los socios del Casino no son sueños de sombras, sino que son sombras de sueños, que no es lo mismo. Y si Don Sandalio me atrajo allí fue porque le sentí soñar, soñaba el ajedrez, mientras que los otros... Los otros son sombras de sueños míos.

No, no vuelvo al Casino; no vuelvo a él. El que no se vuelve loco entre tantos tontos es más tonto que ellos.

XX

10 de noviembre

Todos estos días he andado más huido aún de la gente, con más hondo temor de oír sus tonterías. De la playa al monte y del monte a la playa, de ver rodar las olas a ver rodar las hojas por el suelo. Y alguna vez también a ver rodar las hojas a las olas.

Hasta que ayer, pásmate Felipe, ¿quién crees que se me presentó en el hotel pretendiendo tener una conferencia conmigo? Pues nada menos que el yerno de Don Sandalio.

—Vengo a verle —empezó diciéndome— para ponerle al corriente de la historia de mi pobre suegro...

—No siga usted —le interrumpí—, no siga usted. No quiero saber nada de lo que usted va a decirme, no me interesa nada de lo que pueda decirme de Don Sandalio. No me importan las historias ajenas, no quiero meterme en las vidas de los demás...

—Pero es que como yo le oía hablar tanto a mi suegro de usted...

—¿De mí?, ¿y a su suegro? Pero si su suegro apenas me conocía..., si Don Sandalio acaso ni sabía mi nombre...

—Se equivoca usted.

—Pues si me equivoco, prefiero equivocarme. Y me choca que Don Sandalio hablase de mí, porque Don Sandalio no hablaba de nadie ni apenas de nada.

—Eso era fuera de casa.

—Pues de lo que hablase dentro de casa no se me da un pitoche.

—Yo creí, señor mío —me dijo entonces—, que había usted cobrado algún apego, acaso algún cariño a Don Sandalio...

—Sí —le interrumpí vivamente—, pero a mi Don Sandalio, ¿lo entiende usted?, al mío, al que jugaba conmigo silenciosamente al ajedrez, y no al de usted, no a su sueño. Podrán interesarme los ajedrecistas silenciosos, pero los suegros no me interesan nada. Por lo que le ruego que no insista en colocarme la historia de su Don Sandalio, que la del mío me la sé yo mejor que usted.

—Pero al menos —me replicó— consentirá usted a un joven que le pida un consejo...

—¿Consejos?, ¿consejos yo? No, yo no puedo aconsejar nada a nadie.

—De modo que se niega.

—Me niego redondamente a saber nada más de lo que usted pueda contarme. Me basta con lo que yo me invento.

Me miró el yerno de una manera no muy diferente a como me miraba su suegro cuando le hablé del obispo loco, del alfil de marcha soslayada, y encogiéndose de hombros, se me despidió y salióse de mi cuarto. Y yo me quedé pensando si acaso Don Sandalio comentaría en su casa, ante su hija y su yerno, aquella mi disertación sobre el elefantino obispo loco del ajedrez. Quién sabe...

Y ahora me dispongo a salir de esta villa, a dejar este rincón costero y montañés. Aunque ¿podré dejarlo?, ¿no quedo sujeto a él por el recuerdo de Don Sandalio sobre todo? No, no, no puedo salir de aquí.

XXI

15 de noviembre

Ahora empiezo a hacer memoria, empiezo a remembrar y a reconstruir ciertos oscuros ensueños que se me cruzaron en el camino, sombras que nos pasan por delante o por el lado, desvanecidas y como si pasasen por una galería de espejos empañados. Alguna vez, al volver de noche a mi casa, me crucé en el camino con una sombra humana que se proyectó sobre lo más hondo de mi conciencia, entonces como adormilada, que me produjo una extraña sensación y que al pasar a mi lado bajó la cabeza así como si evitara el que yo le reconociese. Y he dado en pensar si es que acaso no era Don Sandalio, pero otro Don Sandalio, el que yo no conocía, el no ajedrecista, el del hijo que se le murió, el del yerno, el que hablaba, según éste, de mí en su casa, el que se murió en la cárcel. Quería, sin duda, escapárseme, huía de que yo le reconociera.

Pero ¿es que cuando así me crucé, o se me figura ahora que me crucé, con aquella sombra humana, de espejo empañado, que hoy, a la distancia en el pasado, se me hace misteriosa, iba yo despierto, o dormido? ¿O es que ahora se me presentan como recuerdos de cosas pasadas —yo creo, ya lo sabes, y vaya de paradoja, que hay recuerdos de cosas futuras, como hay esperanzas de cosas pasadas, y esto es la añoranza—, figuraciones que acabo de hacerme? Porque he de confesarte, Felipe mío, que cada día me forjo nuevos recuerdos, estoy inventando lo que me pasó y lo que me pasó delante de mí. Y te aseguro que no creo que nadie pueda estar seguro de qué es lo que le ocurrió y qué es lo que está de continuo inventando que le había ocurrido. Y ahora yo, sobre la muerte de Don Sandalio, me temo que estoy formando otro Don Sandalio. Pero ¿me temo?, ¿temer?, ¿por qué?

Aquella sombra que se me figura ahora, a trasmano, a redrotiempo, que vi cruzar por la calle con la cabeza baja —¿la suya o la mía?—, ¿sería la de Don Sandalio que venía a topar con uno de esos problemas que nos ofrece traidoramente el juego de la vida, acaso con el problema que le llevó a la cárcel y en la cárcel a la muerte?

XXII

20 de noviembre

No, no te canses, Felipe; es inútil que insistas en ello. No estoy dispuesto a ponerme a buscar noticias de la vida familiar e íntima de Don Sandalio, no he de ir a buscar a su yerno para informarme de por qué y cómo fue a parar su suegro a la cárcel ni de por qué y cómo se murió en ella. No me interesa su historia, me basta con su novela. Y en cuanto a ésta, la cuestión es soñarla.

Y en cuanto a esa indicación que me haces de que averigüe siquiera cómo es o cómo fue la hija de Don Sandalio —cómo fue si el yerno de éste está viudo por haberse muerto tal hija— y cómo se casó, no esperes de mí tal cosa. Te veo venir, Felipe, te veo venir. Tú has echado de menos en toda esta mi correspondencia una figura de mujer y ahora te figuras que la novela que estás buscando, la novela que quieres que yo te sirva, empezará a cuajar en cuanto surja ella. ¡Ella! ¡La ella del viejo cuento! Sí, ya sé, "¡buscad a ella!" Pero yo no pienso buscar ni a la hija de Don Sandalio ni a otra ella que con él pueda tener relación. Yo me figuro que para Don Sandalio no hubo otra ella que la reina del ajedrez, esa reina que marcha derecha, como una torre, de blanco y negro y de negro y blanco y a la vez de sesgo como un obispo loco y elefantino, de blanco en blanco o de negro en negro; esa reina que domina el tablero, pero a cuya dignidad de imperio puede llegar, cambiando de sexo, un triste peón. Esta creo que fue la única reina de sus pensamientos.

No sé qué escritor de esos obstinados por el problema del sexo dijo que la mujer es una esfinge sin enigma. Puede ser; pero el problema más hondo de la novela, o sea del juego de nuestra vida, no está en cuestión sexual, como no está en cuestión de estómago. El problema más hondo de nuestra novela, de la tuya, Felipe, de la mía, de la de Don Sandalio, es un problema de personalidad, de ser o no ser, y no de comer o no comer, de amar o ser amado; nuestra novela, la de cada uno de nosotros, es si somos más que ajedrecistas o tresillistas o tutistas o casineros, o... la profesión, oficio, religión o deporte que quieras, y esta novela se la dejo a cada cual que se la sueñe como mejor le aproveche, le distraiga o le consuele. Puede ser que haya esfinges sin enigma —y éstas son las novelas de que gustan los casineros—, pero hay también enigmas sin esfinge. La reina del ajedrez no tiene el busto, los senos, el rostro de mujer de la esfinge que se sienta al sol entre las arenas del desierto, pero tiene su enigma. La hija de Don Sandalio puede ser que fuese esfíngica y el origen de su tragedia, íntima, pero no creo que fuese enigmática, y, en cambio, la reina de sus pensamientos era enigmática aunque no esfíngica: la reina de sus pensamientos no se estaba asentada al sol entre las arenas del desierto, sino que recorría el tablero, de cabo a cabo, ya derechamente, ya de sesgo. ¿Quieres más novela que ésta?

XXIII

28 de noviembre

¡Y dale con la colorada! Ahora te me vienes con eso de que escriba por lo menos la novela de Don Sandalio el ajedrecista. Escríbela tú si quieres. Ahí tienes todos los datos, porque no hay más, que los que yo te he dado en estas mis cartas. Si te hacen falta otros, invéntalos recordando lo de nuestro Pepe el Gallego. Aunque, en todo caso, ¿para qué quieres más novela que la que te he contado? En ella está todo. Y al que no le baste con ello, que añada de su cosecha lo que necesite. En esta mi correspondencia contigo está toda mi novela del ajedrecista, toda la novela de mi ajedrecista. Y para mí no hay otra.

¿Que te quedas con la gana de más, de otra cosa? Pues, mira, busca en esa ciudad en que vives un café solitario —mejor en los arrabales—, pero un café de espejos, enfrentados y empañados, y ponte en medio de ellos y échate a soñar. Y a dialogar contigo mismo. Y es casi seguro que acabarás por dar con tu Don Sandalio. ¿Que no es el mío? ¡Y qué más da!

¿Que no es ajedrecista? Sería billarista o futbolista o lo que fuere. O será novelista. Y tú mismo mientras así le sueñes y con él dialogues te harás novelista. Hazte, pues, Felipe mío, novelista y no tendrás que pedir novelas a los demás. Un novelista no debe leer novelas ajenas, aunque otra cosa diga Blasco Ibáñez, que asegura que él apenas lee más que novelas.

Y si es terrible caer como en profesión en fabricante de novelas, mucho más terrible es caer como en profesión de lector de ellas. Y créeme que no habría fábricas, como esas americanas, en que se producen artículos en serie, si no hubiese una clientela que consume los artículos seriados, los productos con marca de fábrica.

Y ahora, para no tener que seguir escribiéndote y para huir de una vez de este rincón donde me persigue la sombra enigmática de Don Sandalio el ajedrecista, mañana mismo salga de aquí y voy a ésa para que continuemos de palabra este diálogo sobre su novela.

Hasta pronto, pues, y te abraza por escrito tu amigo.

Narraciones inverosímiles
Pedro Antonio de Alarcón

Esta edición de Narraciones inverosímiles reúne tres relatos magistrales donde lo fantástico y lo sobrenatural se entrelazan con la tradición y las preocupaciones humanas. En El amigo de la muerte, se narra la extraña alianza de un hombre desesperado con la Muerte misma, explorando el destino y el significado de la vida. La mujer alta presenta una inquietante aparición espectral que simboliza la culpa y el remordimiento en una atmósfera de misterio. Finalmente, Moros y cristianos combina historia y leyenda al relatar las tensiones entre culturas en un relato impregnado de ironía y simbolismo. Estos cuentos destacan por su tono sombrío, su profundidad psicológica y el fino estilo narrativo del autor.

I.S.B.N.: 978-84-19365-71-2

EDICIONS PERELLÓ